詩中有畫　畫中有詩

청파 시서화집

시 속에
그림 있고
그림 속에
시 있네

하 복 자

㈜이화문화출판사

청파 하복자 동학의 한시집인『시 속에 그림 있고 그림 속에 시 있네詩中有畵 畵中有詩』의 출간에 즈음하여, 청파 동학이 한시를 시작할 때부터 옆에서 지켜본 나로서는 큰 기쁨이 가슴에 젖어든다. 살아오면서 드물게 느끼는 한 희열이다.

청파 동학의 이번 시집에는 크게 세 가지 정도의 장점과 특징이 있다. 그 첫째는 한문이나 한학에 매진한 전문가가 아니더라도 한시집을 낼 수 있다는 것이며, 두 번째는 우리의 소소한 일상들이 모두 한시의 좋은 소재가 될 수 있다는 것이고, 세 번째는 늘 시작하려는 용기와 결단이 결실을 좌우하는 촉매제가 된다는 사실을 명확하게 증명하였다는 것이다.

문학이란 무엇이며 한시란 무엇인가? 시란 인간의 생각이 한 곳으로 가서 머무르고 그때의 느낌을 언어로 갈무리한

것을 말한다. 한시 또한 마찬가지이다. 다만 사용하는
언어가 지금 우리의 언어 생활과는 다소 다른 한문을 사용
하여 완성한 시구라는 점이 다를 뿐이다.

　이 시집은 시단의 벗들에게는 용기를 주고, 한시를 즐겨
읽는 동호인에게는 진솔한 재미와 청량한 상쾌함을 선사해
줄 것이다. 다시 한번 청파 동학의 출간에 박수와 찬사를
보낸다.

임인년 소만절 앞에서 현암 소병돈 삼가 쓰다

서실 입주를 축하하며

祝秀泉書室入住

癸巳仲春誰盡情　秀泉筆墨不虛聲
平師善導無違志　松叟長牽有振名
李杜吟風耽老境　鍾張求法守初程
今尋福址乃呈號　新定靑坡得大榮

계사년 이월에 누가 정을 다하는가
수천의 필묵은 빈 소리가 아니더라
평보 선생님 인도에 뜻을 어김이 없고
송천 선생께서 이끌어 이름 떨침이 있네
이두의 풍월 읊음은 노경에 즐길 것이고
종장의 법을 구하는 초심의 길 지키시길
지금 복된 땅을 찾아 아호를 증정하며
새로 청파라 정했나니 큰 영광 얻으세요.

玄巖 蘇秉敦　2013. 3

모란

花中之王 富貴之格

周峰 孔泳哲 2006년

새로 청파라 정했나니

河福子雅號靑坡頌

赤仙偉跡讚千年　學海英名六藝全
心定一思常憶肯　影流多處只嘆憐
士存雅號其觀志　物有殊容不棄緣
今稱靑坡藍欲越　尋源從脈大功牽

소동파의 위대한 업적 천년을 칭송하며
학문 속 아름다운 이름 육예에 온전토다
마음에 한 생각을 정하면 닮으려 하나
그림자 여러 곳에 흩어져 탄식한다오
선비에게 아호는 그 뜻을 보고자 함이요
사물에 다른 모습은 인연법에 있음이라
이제 청파라 부르니 청출어람 하여
근원과 맥을 쫓아 큰 공부 이루시길…

玄巖 蘇秉敦　2013. 3

독수리

四海雄視

周峰 孔泳皙 2013년

일상의 즐거움

知天命!
돌아보니 나는 참으로 행복한 삶을 살아 왔다.

시골에서 태어나 자연을 접하며 부모님의 사랑 속에 어린 시절을 보냈고, 미술교사로서 중·고등학교에 30여 년간 근무했으며, 건강하고 화목한 가정과 훌륭한 제자들도 있으니 말이다.

대학에서 평보 서희환 선생님을 만나 붓 잡은 것이 어언 50년이 지났다.
서예와 그림 그리고 한시 공부에 격려로 이끌어 주신 선생님들과의 즐겁고 행복했던 순간들이 스친다.

화살같이 빠른 세월에 어느덧 칠순이 가까워지니 그동안 공부한 것들을 한 번쯤 정리해 보고 싶었다.

오늘의 내가 있도록 이끌어 주신 많은 분들께 보답하는 마음으로 용기를 내어 추억을 담은 한 권의 한시 서화집으로 정리해 보고자 한다.

그저 부끄럽고 감사한 마음뿐이다.

사진 및 교정 작업에 물심양면 힘써 준 가족들과 김진 님께 고마움을 전하며….

2022년 5월 신록이 아름다운 날

하 복 자

| 차례

| 차례

一華開天下春

봄

봄바람이 땅에 가득

春風滿地

四隣春氣動湖東　消雪遠山輕服翁
荒野空庭新醒夢　少娘採薺樂無窮

사방의 봄기운이 호숫가에서 움직이니
먼 산 눈 사라지고 옷차림이 가볍구나
거친 들 빈 정원엔 새로운 꿈 깨어나고
나물 캐는 아가씨들 즐거움이 끝이 없네.

2013. 2

바람에 버들이 춤추다

風舞細柳

細柳韶陽舞影回　閑寥月色照階苔
紙中墨客引探筆　後院鳥鳴花信催

봄빛은 가는 버들에 춤추며 배회하고
쓸쓸한 달빛은 섬돌 이끼를 비추네
묵객은 종이에 붓질할 곳을 살피나니
후원엔 새가 울어 꽃소식을 재촉한다.

2014. 2

매화와 버들이 봄을 다투네

梅柳爭春

小池春水淨如灘　金入垂楊伴遠巒
梅吐幽香加欲綻　還來舊燕戀簷看

작은 연못 봄물은 여울처럼 깨끗하고
햇빛은 버들에 들어와 먼산을 짝한다
매화는 그윽한 향을 토해 꽃 피우려는데
옛 제비 돌아오길 처마 보며 그리워하네.

2014. 3

모든 것이 시의 재료

滿目詩料

淑氣濃陰帶阜陵　　淸遊盡日一心澄
山川似畫詩情起　　幽興難吟默擬僧

짙은 그늘 맑은 기운 언덕을 두르니
해 지도록 노니는 나의 마음 맑다오
그림 같은 자연이라 시정이 일어나나
흥취 읊기 어려워서 침묵하는 스님 같네.

2014. 6

회갑을 맞이하여

乙未漫吟

已過六十白生頭　　倏忽光陰孰沮流
富貴浮雲曾不願　　清寒本分亦非愁
滿腔山水有餘嗜　　半架琴書眞活修
樂事百中康健最　　三元佳節吉亨求

나이 육십 지나니 흰머리가 생겼나니
빠른 세월 흐름을 누가 막을 것인가
부귀는 뜬구름이라 원하지 않았고
청한함은 본분이라 근심하지 않는다네
몸은 자연을 품고 여유롭게 즐기면서
시렁의 책과 악기로 참된 삶 닦는다오
많은 일중 즐거움은 건강이 최고이니
연중 좋은 계절에 형통함을 구하리라.

2015. 2

정월 대보름

吟正月望日

爭上飛鳶弄夕陽　元宵月色布湖堂
如消舊厄雪爐裏　若汪新禧濤海場
蔬饌玉盤傳俗美　踏橋巢灼禧寧康
江山活氣謀豊作　國泰民安續瑞祥

방패연 앞다투어 석양을 희롱하고
정월보름 달빛은 독서당에 펼치네
구액의 사라짐은 화로 속 눈과 같고
새해 복 넘침은 바다의 파도 같도다
옥반 나물반찬 먹는 좋은 풍속 전하고
달집 태우고 다리 밟으며 평안을 빈다오
강산의 활기는 풍년 되기를 도모하니
사람들이 살기 좋은 상서로움 이어지길.

2015. 3

꽃을 보다

賞花

晴天日暖暗香斜　皆畫江山繡萬花
李白桃紅雲否降　嵐生魚躍靄非遮
鶯嬌燕頡林間境　蝶舞蜂歌囿裏家
景物韶光吾興味　豈詩一軸不成嗟

맑은 하늘 따뜻한 날 그윽한 향 비끼니
강산은 그림 되어 온갖 꽃을 수놓았네
흰 오얏꽃 붉은 도화 구름이 내려온 듯
남기에 뛰는 고기 안개도 가리지 않는다
꾀꼬리 제비 오르내리며 숲 사이 오가고
춤추는 나비 앵앵대는 벌 동산 속에 있네
봄빛에 달라진 경치 나를 흥미롭게 하니
어찌 한바탕 시를 이루지 않겠는가?

2015. 4

홀로 앉아서

獨坐吟

細雨春宵萬物新　韶光綠態逸心身
飮茶賞月澄千慮　到處詩料自有眞

가랑비 밤 사이 만물을 새롭게 하고
봄빛에 푸르름은 심신을 편안케 하네
차 마시며 달을 마주하니 생각이 맑고
도처의 시 재료는 절로 참됨 있다오.

2016. 4

벗을 생각하며

思友

窓外寒風照月初　不眠獨坐孰親書
老年朋友盡相思　霜髮添來情感餘

찬바람 부는 창밖에 달빛이 밝으니
잠 못 들고 앉아서 누구에게 글 쓰는가
노년의 벗들은 서로 그리움 다하는데
흰머리 더해지니 마음의 정만 남는다오.

2016. 12

제비

薦

東風薦子返橫江　　簷下巢居月映窓
戶巷無人長寂寞　　呢喃巧語愛雙雙

봄바람에 제비가 강을 비껴 돌아와
처마 밑에 둥지 트니 달빛이 비추네
집 앞 길거리에 사람 없어 적막했는데
재잘대는 묘한 소리 쌍雙이 사랑스럽다.

2017. 3

개구리 헤엄

泳蛙

日暖解氷盈小塘　　群蛙亂叫泳還鄉
韶光萬像皆伸欠　　驚蟄當今發草香

얼음 녹은 작은 못에 물 가득하니
개구리들 시끄럽게 나와 헤엄치누나
봄빛에 사물들은 기지개를 펴고
경칩에 이르니 풀 향기가 난다오.

2018. 3

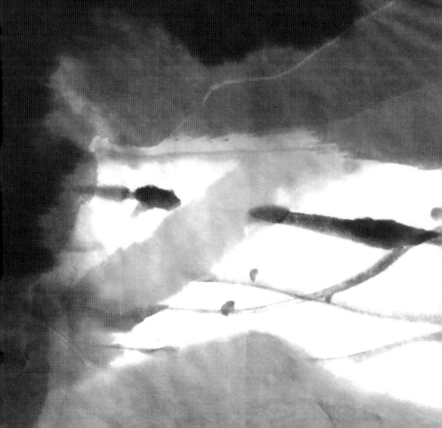

개나리를 보며

觀連翹

酷寒堪耐等丘陵　淑氣鍾花懸玉繩
返照雛聲疑隱聽　金華活畵仲春稱

혹한을 견디고서 언덕에 무리 지어
봄기운에 종 모양 꽃 옥줄에 매달렸네
석양에 병아리 소리 은은하게 들리는 듯
아름다운 금빛 물결은 봄의 절정이라오.

2018. 3

생명력은 봄기운과 같아

生意如春氣

滿眼韶光無限情　千紅萬紫不知名
春宵賞月生心氣　詩作當人盡至誠

눈 가득 따스한 빛 정은 끝이 없어라
알록달록 많은 꽃들 이름도 알 수 없네
봄밤에 달을 보니 마음이 움직여서
시를 짓는 사람은 정성을 다한다오.

2018. 4

냉이를 보고

觀薺

和風寒盡步湖畔　　陽地探蔬娘影回
林聽幽禽交奏最　　野生芳草自香魁
喜心感得東皇氣　　情景全無世俗埃
雪裏忍冬根葉薺　　羹湯逸味比觀梅

추위 지난 봄바람에 호숫가를 걸으니
나물 찾는 아가씨들 그림자 맴도네
숲속 새소리는 연주함이 최고이고
들에 핀 꽃다운 풀들 향기가 으뜸이라
기쁜 마음은 따뜻한 봄기운에서 얻고
정겨운 경치에는 세속 티끌도 없다오
눈 속에서 겨울 견딘 냉이 잎과 뿌리는
국 끓인 일품 맛을 매화 보는 것에 견준다.

2019. 3

한강

漢江

碧水白鷗飛　春波可染衣
長竿垂釣叟　明月載船歸

푸른 강에 흰 갈매기 날고
봄 물결은 옷을 물들이는데
긴 낚싯대 드리운 고기잡이
달빛만 배에 싣고 돌아오네.

2020. 2

촛불 들고 놀던 옛사람 생각하며

憶古人秉燭

景物江山擬武陵　　古人風月嗜殘燈
千金一刻時佳節　　幽客春宵盍趣興

강산의 경치를 무릉도원에 견주며
옛사람들 촛불 들고 풍월을 즐겼다오
일각이 천금 같은 아름다운 계절이라
나그네 즐기는 봄밤에 맑은 뜻 일어나네.

2020. 4

선비

詠四民頭

和顏浩氣命天從　潔白率先儒士容
自古淸心凡在學　民生安慰刻中胸

온화하고 바른 기운 천명을 따르는
깨끗하고 솔선하는 선비의 모습이라
자고로 맑은 마음 배움에서 나오니
민생의 안위를 가슴 속에 새긴다네.

2020. 6

아침 해가 떠오름

吟旭日昇天

旭日迎新萬象明　　扶桑燦爛孰加情
桃符楹設疫驅勢　　椒酒樽開詩詠聲
無病康寧祈壽享　　消愁槿域願春生
丑含吉運邦家到　　客歎歡呼眼界淸

새해맞이 아침 해가 온갖 사물 밝히니
찬란한 동쪽 바다 누가 정을 더하는가
도부를 기둥에 붙여 역병을 몰아 내고
산초술 통을 열고 시부를 읊조린다네
병 없이 건강하게 장수 누리길 빌고
근심 없는 나라로 봄빛 나길 원한다오
소가 길운을 머금고 온 나라에 이르니
환호 속에 펼쳐진 청신함을 감탄한다.

2021. 1

아지랑이

新嵐

春雨昨宵寒退冬　　翠微嵐氣帶奇峯
蘇生萬物臨佳節　　奔走農夫察具農

지난밤 봄비에 추운 겨울 물러가니
산기슭 아지랑이 봉우리를 둘렀네
만물이 소생하는 좋은 계절 임하여
농부는 분주히 농기구를 살핀다오.

2021. 2

취하여 읊다

醉中吟

百花滿發翠微豪 　不覺循環之理勞
耽賞騷人春景醉 　一杯掛韻盡吟高

온갖 꽃 만발하여 산기슭 호화로운데
사물이 바뀌는 수고 깨닫지 못하였네
구경하는 소인들 봄 경치에 취하여서
한 잔 술에 운자 걸고 높이 읊길 다한다오.

2021. 3

一切唯心造

여름

초여름의 남산

初夏木覓

日照南山麗翠林　　如屏活畫靜中深
無邊佳景孰非賞　　朋冒炎風名勝尋

남산에 햇살 비치니 숲은 비취와 같고
자연은 병풍 되어 고요 속에 깊어진다
끝없는 아름다움 누가 구경하지 않으리
더운 바람 무릅쓰고 벗과 함께 찾는다오.

2013. 6

수덕사를 방문하다

訪修德寺

幽香風送百花開　勝景畫如修寺來
何故客船當慘事　默言鬱快慰魂才

온갖 꽃 그윽한 향기 바람에 실려서
그림같이 좋은 곳 수덕사에 왔다오
어떤 까닭에 여객선이 참사를 당했는지
슬픔에 말없이 영재들의 혼 위로한다.

2014. 4

녹음은 살아 있는 그림

綠陰活畫

到處綠陰淸奏溪　探花賞客上樓西
天機不息寄新展　圍繞層巒屛錦題

도처의 녹음 속 맑은 계곡물 연주하니
꽃을 찾던 놀이꾼들 서쪽 누대 오르네
쉬지 않는 천지조화 새롭게 펼쳐짐에
층층이 산이 둘러 비단 병풍 되었다오.

2014. 5

연꽃

咏蓮

清香自遠萬相娛　　不染淤泥亭淨儒
外直中通君子態　　愛蓮心滿寫親圖

맑은 향기 퍼지니 만물이 서로 즐겁고
진흙에도 물들지 않은 우뚝 솟은 선비라
속은 통하고 겉은 곧아 군자의 자태이니
맘 가득 사랑하여 그림 그려 가까이 하네.

2015 .6

장마

霖

淋鈴昨夜亂園庭　　到處溶流向遠汀
恐或自然災害發　　時時點檢四隣寧

지난밤 장맛비에 동산은 어지럽고
질펀히 흘러서 먼 물가로 향하네
혹여 자연 재해 일어날까 두려우니
수시로 점검해서 온 마을 편안하길…

2016. 7

소돌항에서의 흥취

訪牛岩開興

天連碧海碎波生　數到飛鷗迓樂聲
韻士淸遊詩興起　樓中酬酌滿人情

하늘 이은 푸른 바다 파도가 부서지고
갈매기 자주 날아와 우짖으며 맞이하네
선비들과 자연을 즐기니 시흥도 일고
잔을 주고받는 누대에는 인정도 많다오.

2017. 4

그윽한 삶

幽居

結廬何事住深山　松竹月光相友閒
詩畵共存成別境　安貧樂道羨人間

무슨 일로 띠집 엮어 깊은 산에 사는가
송죽과 달빛이 서로 벗 되어 한가롭네
시와 그림 함께하는 별난 경계 이루어져
안빈의 도 즐기니 사람들 부러워한다오.

2017. 4

초여름의 농부

野翁初夏

茂樹生風減溽蒸　偸閒野老息丘陵
棲禽妙囀皆忘患　唯思登豊喜樂興

울창한 나무 바람 일어 더위를 식혀 주니
틈을 낸 시골 노인 언덕에서 쉬고 있네
깃들인 새 묘한 소리에 모든 근심 잊고서
오로지 풍년 생각에 즐거움만 일어난다.

2017. 5

산사의 저녁 종

山寺暮鐘

清天落照紫雲辰　　山寺鐘聲逸一身
奉佛法堂僧梵唄　　衆生轉塔所望伸

맑은 하늘 지는 해 구름이 아름답고
산사의 종소리는 일신을 편하게 하네
부처님 받드는 스님 염불을 찬하시니
많은 사람 탑을 돌며 소망을 펼친다오.

2017. 9

담장가의 앵두나무

墻頭小櫻

綻蕊垂枝春信痕　貫珠淸雅淡紅翻
香芳深圃競先後　煙霧空山圍旦昏
畵匠蜂歌難筆寫　騷人花笑樂詩論
千金一刻當佳節　望爾吾心豈起煩

드리운 가지에 꽃봉오리는 봄을 알리고
구슬 꿴 듯 청아함에 분홍 잎 나부끼네
향기는 깊은 동산에서 선후를 다투고
안개는 빈 산을 아침 저녁 두른다오
화가는 벌 노래를 그림 그리기 어려우나
시인은 꽃 웃음을 시로 논하니 즐겁다네
짧은 순간 천금 같은 아름다운 계절에
너를 보는 이 마음 어찌 번거로움 일겠는가.

2018. 4

식영정을 지나며

過息影亭

俗離隱逸自然歌　文雅風流勝綺羅
初夏潭陽過息影　四仙韻客仰欽哦

속세 떠나 은일하며 자연을 노래하니
문아의 풍류가 훌륭함을 뛰어넘네
초여름 담양의 식영정을 지나며
사선 운객들을 우러러 흠모하노라.

2018. 5

장미

薔薇

滿柵薔薇飾古廬　　往來遊客笑顏初
葉莖有棘護花貌　　艶氣微風傳馥餘

울타리 장미가 옛 움막을 장식하니
왕래하던 나그네 웃음 띤 얼굴이라
잎줄기에 가시 있어 꽃을 보호하며
요염함은 미풍에도 향기를 전한다오.

2018. 6

꽃은 시들고 녹음만 짙어지네

吟紅瘦綠肥

雨晴四野益靑靑　嘉卉輕風播潔馨
客惜餞春紅瘦苑　老休初夏綠陰亭
嵐光浩蕩凝繁影　物色綾羅帶繡形
韻士吟詩佳景樂　行雲流水暫無停

비 개인 온 들녘은 푸르름이 더하여
아름다운 풀 미풍에 맑은 향기 뿌리네
구경꾼들 봄을 보내는 꽃동산이 아쉽고
노인들은 초여름 녹음진 정자서 쉰다오
산기운 호탕하여 무성한 그림자 엉기고
사물 색은 비단에 수놓은 모양 둘렀어라
운사는 시 읊으며 아름다움을 즐기는데
자연의 움직임은 잠시 머무름도 없구나.

2019. 5

용문사 가는 길에

龍門寺途中吟

龍門美景耽騷客　　漸綠濃陰播馥菲
名勝吟觴加逸興　　淸商石澗俗忘機

용문의 경치를 소객들이 즐기는데
짙푸른 그늘이 엷은 향기 퍼뜨리네
명승지서 음상하니 흥겨움이 더하고
석간수의 맑은 소린 속됨을 잊게 한다.

2019. 5

청간정

清澗亭

薜賓暇日古登亭　清澗孤松秀逸青
雲掛千峯望倚檻　波流萬頃聽斜汀
舞鷗海岸一應畫　漁火港灣玆暎星
勝景關東何不首　聊忘詩癖世塵腥

오월 어느 한가한 날 옛 정자에 오르니
청간의 외로운 소나무 푸르름 빼어나네
구름 걸린 봉우리 난간에 기대 바라보고
만 이랑 흐르는 물결 물가에 비껴 듣는다
해안가 춤추는 갈매기 한 폭의 그림이요
항만의 고깃배 불빛 언뜻 보니 별빛이라
관동의 승경 중 어찌 최고가 아니겠는가
시 짓기에 빠져서 세속 일들을 잊는다네.

2019. 6

전염병 물리치기를

願疫病退治

忽然疫病列邦徙　市內人稀商客愁
對處民官應迅速　危機克復合心謀

홀연 역병이 여러 나라에 옮겨지니
시내엔 사람 드물어 상인들 근심이네
대처함에 민관이 신속하게 응하여서
위기 극복을 한마음으로 도모한다오.

2020. 2

매미

蟬

輕風一陣散香蓮　霽後薄雲環棟橡
何處蟬聲凉氣感　蒼然山色似秋乾

한줄기 바람에 연꽃 향기 흩어지고
비 갠 뒤 엷은 구름 서까래를 둘렀네
어디선가 매미 소리 서늘한 기운에
산빛은 푸르러 가을 하늘 같다오.

2020. 7

관악산에 올라

登冠岳山

冠岳陟高巒　爽風起峽灘
奇峯驚客眼　險壑縮吾肝
佛寺鐘聲響　戀臺日影殘
康寧庵子禱　勝地探歸歡

관악산 높은 산등성을 오르나니
상쾌한 바람 깊은 여울서 인다오
기이한 봉우리에 나그네 놀라고
험한 골짜기에 내 마음 졸아드네
불성사의 종소리가 울려 퍼지고
연주대에 해 그림자 쇠잔해질 때
건강과 평안을 암자에서 빌고는
승지를 둘러보고 기쁘게 돌아온다.

2020. 9

모내기

移秧

喜雨適時充古潭　移秧忙手一杯酣
新機耕作畯勞減　日沒相扶歸笑談

때맞춘 반가운 비 옛 못에 가득하고
모 심는 바쁜 손 한 잔 술에 흥겹구나
기계로 경작하니 농부 일손 덜어 주고
해지도록 서로 돕고 웃으며 귀가하네.

2021. 5

흰 갈매기

詠白鷗

初暾燦爛白鷗飛　　漁叟垂綸君望磯
怪石依眠難別像　　明沙擧立困分衣
一聲碧浪吟詩趣　　群舞紅霞撮畫機
雪客滄溟煙霧割　　頡頏自適莫相違

찬란한 아침 햇살 흰 갈매기가 나니
낚싯대 드리운 노인 물가에서 바라보네
괴석에 잠 의지하니 형상 분별 어렵고
명사에 서 있으니 옷 구분 곤란하구나
푸른 물결 한 소리는 시 읊는 뜻이요
붉은 노을 군무는 그림 모으는 틀이라네
새들은 넓은 바다의 안개를 가르면서
오르내리는 자적함에 어긋남이 없다오.

2021. 6

傲霜孤節

가을

풍년이 들다

豊登大野

農盡精誠野日新　豊年天佑快心神
家家刈穫盈倉庫　擊壤歌聲與樂隣

농사일 정성 다함에 들녘은 날로 새롭고
신의 도움으로 풍년 되니 마음이 기쁘네
집집마다 수확하여 창고를 가득 채우니
격양의 노래 소리 이웃과 함께 즐긴다오.

2013. 9

탄금대 단풍을 즐기며

彈琴臺觀楓

茂林過雁倚殘陽　懷古彈臺錦繡粧
秋節江山尤好晚　淸談佳句滿詩囊

기러기 지난 무성한 숲 석양이 의지하고
옛일 품은 탄금대는 비단 수로 단장했네
가을 담은 강산은 해가 지니 더욱 좋고
맑은 담소 좋은 구절 시 주머니 가득하다.

2013. 11

늙은이

休叟

西阿白日月光謨　欲速流暉少莫求
身外無窮思不必　自然得返際休休

밝은 해 서쪽으로 지니 달빛이 도모하고
흐르는 세월 빠름에 젊음은 구할 수 없네
몸 밖의 많은 일들은 생각하지 않고서
돌아와 자연 얻으니 늘 즐겁고 편안하오.

2014. 9

한가히 노닐다

閒遊

雨收古寺翠嵐環　　獨坐靜觀心氣閒
喧擾人間空不夢　　淸聲聽耳伴靑山

비 그친 옛 절에 아지랑이 둘렀구나
홀로 앉아 바라보니 마음이 한가하다
시끄러운 인간 세상 헛된 꿈꾸지 않고
맑은 소리 들으며 푸른 산을 짝한다네.

2015. 9

시 짓는 어려움

詩作難

腹中詩作起窮愁　文擬其人好句求
平仄安排慙俚語　悠長尙友琢磨收

속마음 시로 지으려니 곤궁해 근심이네
글은 곧 사람이라 좋은 글귀 얻고자 하나
평성측성 안배에 속된 언어 부끄럽다오
오래도록 책 벗 삼아 연마하여 거두리라.

2016. 1

가을 생각

秋思

蒸炎不退隔窓徊　　降雨昨宵凉氣開
玉露玲瓏簷燕去　　金風蕭瑟塞鴻回
農夫擧銍向田畓　　騷客挾篇登榭臺
肥馬天高迎好節　　懇祈豊稔共傾盃

찌는 더위 머뭇머뭇 창밖을 배회하니
간밤 내린 비에 서늘 기운 열리누나
옥로가 영롱하니 처마의 제비 떠나고
바람이 쓸쓸하니 변방 기러기 돌아오네
농부는 낫을 들고 논밭으로 향하고
문사들은 책을 끼고 정자에 오른다오
하늘 높고 말 살찌는 좋은 계절 맞이하여
풍년을 빌면서 잔을 함께 기울이네.

2017. 8

가을의 흥취

詠秋興有感

梧葉庭邊報孟秋　　黃波初起斐阡頭
陶潛長醉菊香落　　李白高吟蟾影樓
淅瀝三更鴻陣渡　　蕭條一夜蟀聲流
魚肥穀熟四郊盛　　騷客錦囊佳句收

오동잎은 뜰 가에서 가을을 알리고
누런 물결 처음 일어 밭두렁 아름답네
도잠이 길게 취한 국화향의 촌락이요
이백이 높이 읊던 달 그림자 누대로다
석력 삼경에 기러기 무리 지어 건너고
한적한 깊은 밤엔 귀뚜리 소리 흐르누나
고기 살찌고 곡식 익어 사방 들 풍성하니
소객은 금낭에 아름다운 시구 거둔다오.

2018. 9

서리가 내림

降霜

寒風昨夜繞江邊　　秋穫農夫悤沃田
萬樹酣霜粧錦繡　　可憐黃菊獨香傳

지난밤 찬바람이 강변을 두르니
농부들 가을걷이 논밭에서 바쁘다네
나무는 서리에 취해 비단 수로 장식하고
가련한 황국은 홀로 향기 전한다오.

2018. 10

오동나무

咏梧

新涼蕭颯盡天靑　　梧葉知秋井上零
月色輝煌思故里　　三更獨坐蟀聲聽

서늘하고 쓸쓸한 바람 하늘은 푸르른데
오동잎은 가을 알고 우물가에 떨어졌네
달빛이 휘황하니 옛 고향이 더욱 그리워
늦은 밤 홀로 앉아 귀뚜리 소리 듣는다오.

2019. 8

굴 숲의 가을 빛

橘林秋色

瀛洲秋色橘林基　　汗苦農夫結實時
朝露玲瓏華萬顆　　夕陽錯落斐千枝
微風樹響似琴弄　　麗日果香難畵移
情趣異鄉耽韻客　　田園佳景詠題詩

제주도의 가을빛은 굴 숲에서 비롯되니
땀 흘리며 힘들었던 농부들의 결실이네
아침이슬 영롱하니 낱알들은 빛이 나고
저녁 빛이 뒤섞이니 천 가지가 아름답다
미풍에 나뭇잎 소린 거문고 즐김과 같고
맑은 날도 과일 향은 그리기가 어렵다네
낯선 곳의 정과 흥취 운객들은 즐기면서
전원의 아름다움을 시로 지어 읊는다오.

2019. 9

온 들녘이 황금물결

四野黃波

四野黃波擊壤村 　耕夫豈不苦勞痕
收藏滿廩好時節 　逸興農謠傾酒樽

온통 황금물결로 마을이 태평함은
밭 갈던 농부의 수고로운 흔적이네
곳간에는 곡식 가득 좋은 계절이니
즐거움에 흥얼대며 술통 기울인다오.

2019. 10

산길

山行

登頂吾過古徑斜　白雲怪石忽遭家
畵詩竝處適何事　傾盞夕陽顔勝花

비스듬한 옛길 지나 산머리를 오르나니
흰구름과 괴석 있는 집을 홀연 만났네
그림 시가 어우러진 곳 무슨 일이 있을까
석양에 술잔 기울이니 꽃보다 얼굴 붉네.

2019. 11

밤

栗

東山紅染際森林　　下墜商風轉栗針
微笑閒翁收剝去　　佇時憶昔感懷深

동산의 무성한 숲 붉게 물들으니
가을바람에 밤송이 굴러 떨어지네
웃음 짓는 노인 껍질 벗겨 거두며
우두커니 옛 생각에 감회가 깊다오.

2020. 10

달빛은 기러기 등을 비추고

月照雁背

萬里雲霄雁陣侵　　霜風月照滿蘆林
瀟湘水碧離何事　　晩夜思鄕亂客心

흐릿한 밤하늘에 기러기 떼 날고
찬바람에 달빛은 갈대숲에 가득하다
소상강 푸른 물 무슨 일로 떠나 왔는가
깊은 밤 고향 생각 나그네 마음 어지럽네.

2020. 10

늙은 농부

老農

深處白雲居老農　　謳吟朝夕察畦筇
佳山物色如圖活　　麗水秋光似酒濃
五畝桑麻能潤屋　　一箱書史自修容
思無邪矣勉耕業　　含笑皺顏經歲重

흰구름 깊은 곳에 농부가 살면서
조석으로 읊조리며 밭두둑 살피네
아름다운 산색은 살아 있는 그림이요
고운 물은 가을빛에 농익은 술 같아라
다섯 이랑 상마에도 집은 윤택하고
한 상자 경서로도 몸과 마음 닦는다오
농사일에 힘쓰니 악한 생각이 없고
함박 웃는 주름 얼굴 거듭된 세월이네.

2020. 11

고향에 돌아와서

回鄕偶書

志學家離看復回　　江山依舊鬢邊衰
鄕隣處處思遊樂　　不變人情盡往來

배움으로 집 떠났다 다시 돌아와 보니
강산은 그대론데 귀밑머린 쇠하였네
고향 마을 곳곳엔 놀며 즐기던 때 그립고
변치 않은 사람의 정 오고 가길 다한다오.

2021. 4

가을을 말하다

秋詞

孰話秋來孤又寥　　蟹肥稻熟勝花朝
親燈獨坐沒詩想　　爲友白雲遊玉霄

누가 가을을 외롭고 쓸쓸하다 말했는가
벼 익고 게 살찌니 꽃 필 때보다 좋은데
등불 가까이 홀로 앉아 시상에 몰두하며
흰구름 벗 삼아 맑은 하늘에 노닌다오.

2021. 8

머지않은 백로 절기

不遠白露

庭邊梧葉舞風瞻　　半夜望天鮮素蟾
百日紅葩含曉露　　蟲聲窓外憶鄕添

정원가의 오동잎은 바람에 춤추고
깊은 밤 빈 하늘엔 달빛도 곱구나
여러 날 붉은 꽃들 새벽이슬 품으니
창밖의 벌레 소리 고향 생각 더 난다오.

2021. 9

농가의 가을 흥취

田家秋興

田家籬畔飾疎菊　　月色階前促織鳴
百穀豐登歌擊壤　　傾樽興醉盍欣生

시골 집 울타리 성긴 국화가 장식하고
달빛 섬돌 앞엔 귀뚜라미 우는구나
온갖 곡식 풍년들어 격양가를 부르며
술통을 기울인 흥 어찌 기쁘지 않겠는가.

2021. 10

모래밭의 기러기

平沙落雁

一行成字覺寒涼　欲下明沙復背霜
楓艶樵村山影邃　蘆凝釣岸水聲長
淸晨常到美江渚　靜夜暫懷斑竹鄕
群雁逍遙尋好處　客望情景俗塵忘

서늘함 깨닫고 긴 줄로 문자를 이루어
모래밭에 앉고자 서리 등지고 왔다네
단풍 고운 산촌엔 산 그림자가 깊고
갈대 엉긴 낚시터엔 물소리도 길구나
맑은 새벽엔 아름다운 강 물가에 이르고
고요한 밤엔 잠시 반죽의 고향 품는다오
무리 지은 기러기 좋은 곳 찾아 소요하니
나그네 정겨운 경치에 속세 티끌 잊는다.

2021. 11

延年益壽

겨울

깊은 밤 등불 아래서

吟三更燭下

月光庭滿夜深時　積雪映窓春信遲
花意寒梅誰有睡　孤燈獨伴忽題詩

달빛은 뜰에 가득 밤은 깊어 가는데
쌓인 눈 창에 비치니 봄소식 더디겠네
꽃 피려는 매화 두고 어찌 잠들 수 있으랴
외로운 등불 짝하여 애써 시를 지어 본다.

2013. 1

소설

小雪

松柏冒霜非失靑　　空山散葉鳥無聽
千村暖氣呼詩軸　　萬里寒光入畵庭
草屋門階飛玉亂　　江津波市鮑魚腥
鄕翁刈穫怡顔裕　　寂寂窮廬自覺寧

소나무 잣나무는 서리에도 푸르건만
잎새 흩어진 빈산엔 새소리도 없구나
마을마다 따뜻한 기운은 시상을 부르고
온 동네 겨울 빛은 그림으로 들어온다
초가집 섬돌에는 눈이 날려 어지러운데
강나루 저잣거린 건어물 냄새 비릿하네
시골 노인 수확함에 기쁜 얼굴 여유롭고
쓸쓸하고 궁색하나 마음 절로 편하다오.

2014. 11

벗으로써 어짊을 보완하다

吟以友輔仁

滿架詩書物理明　　佳朋修愼結精誠
高談學士隨時聽　　古史先賢盡日聲
萬事淵源由禮厚　　一生課業在勤淸
以文會友輔仁友　　善道相交情誼成

시렁 가득 시서는 사물의 이치 밝히고
좋은 벗과 익히고 삼가며 순수함 맺는다
학사의 고상한 말씀 수시로 따라 듣고
선현의 옛 글들을 종일토록 읽는다오
일의 근원은 예의 두터움에서 비롯되고
일생의 과업은 근면과 청렴에 있으니
글로 벗을 모으고 벗으로 어짊 보완하며
바르게 서로 성장하여 정의를 이루세나.

2015. 1

입동

立冬

葉落錦楓山自蕭　　送年準備偬薪樵
江長廣野低雲霧　　雁列寒天渺晝宵
五穀諸收家室足　　三農畢業洞隣招
枝懸數柿動詩想　　月白立冬思戀飄

낙엽 진 단풍 산은 절로 쓸쓸하고
해를 보낼 준비로 나무꾼은 바쁘구나
긴 강 넓은 들엔 구름 안개가 낮고
기러기 떼 찬 하늘은 밤낮으로 아득하다
오곡을 거두어 들여 집안이 넉넉하니
농사일 마치고 이웃 불러 함께 한다오
가지에 매달린 홍시는 시상을 움직이고
입동에 밝은 달은 그리움만 나부낀다네.

2015. 11

눈꽃

吟瓊花

日暮朔風凝降寒　紛紛玉屑繡峯巒
銀粧萬像開新景　騷客捲簾活畫觀

해가 지니 찬바람에 추위 내려 엉겨서
옥가루 어지러이 산봉우리 수놓았네
온갖 사물 은장식으로 새 경치 펼치니
시인은 주렴 걷고 그림 같은 경치 본다.

2015. 11

파리한 대나무

瘦竹

瘦竹疎枝寂曲隅　寒非屈陋直柔儒
居觀散出尊兒序　處有叢生父子株
高潔虛心淸氣帶　强堅苦節凜嚴殊
靈通精粹比君德　仰慕像儀於畵蘇

파리한 성긴 대숲 모퉁이가 쓸쓸한데
추위에도 굴하지 않는 부드러운 선비라
흩어져서 자라니 존아의 서열이요
모여서 있음은 부자의 그루터기라네
고결한 빈 마음에 맑은 기운 두르고
강견한 굳은 절개 늠름함 뛰어나다오
영통하고 정수함을 군자의 덕에 견주니
너의 형상 우러러 그림으로 그린다네.

2016. 2

세월

風

江湖春動有飛鴻　　君髮流風盍富翁
昔日芳時過走馬　　鷄鳴促曉振遐穹

강 호수에 봄 움직이니 기러기 날고
은발에 바람 스치니 부옹이 아니겠는가
지난 꽃다운 시절은 주마등처럼 지나가고
새벽 재촉하는 닭 울음만 먼 하늘 울리네.

2017. 1

눈 내리는 밤 시를 읊으며

雪夜誦詩

今宵不覺起蕭心　　竈食誰聞白雪音
我拙誦詩何說構　　方治守分但胸襟

오늘밤 나도 몰래 마음이 쓸쓸하다
말없이 내리는 눈 소리 뉘 들을 것인가
볼품없이 시 외우며 어찌 말을 엮을지
분수 지키며 다만 흉금을 어루만진다오.

2017. 1

지난밤의 첫눈

昨夜初雪

霜風瑟瑟枯條拂　　初雪飄零撫老松
昨夜江山裝玉面　　書生高臥出門慵

서릿바람 쓸쓸하게 마른가지 털더니
첫눈이 표령하여 노송을 어루만지네
지난밤에 강산이 옥으로 장식되어
게으르던 서생이 문밖을 나선다오.

2017. 11

평창 올림픽 열기

平昌五輪熱氣

團結應援充熱氣　　堂堂選手振研磨
渾身競技宣揚國　　擧族同參響凱歌

단결된 응원으로 열기가 가득하고
당당한 선수들 연마함을 꽃 피우네
혼신의 경기는 국위를 선양하고
겨레의 동참 속에 승리의 노래 퍼진다오.

2018. 2

오래된 벼루

古硯

古硯遺香幽萬年　騷人墨客續佳緣
賢仁手澤猶新寶　四友文房逸品傳

옛 벼루 남은 향은 오랫동안 그윽하여
시인 묵객들 아름다운 인연 이어오네
현인들의 손때 묻어 새것보다 보배로워
문방사우 중에서 일품으로 전해진다오.

2018. 11

월악산에서의 모임

月岳山雅會

月岳山莊詩會開　　京鄕雅士一心來
優遊絕景歡談裡　　吟詠高朋樂擧杯

월악산 산장에서 시회를 개최하니
경향의 아사들 한마음에 달려 왔네
빼어난 경치 노닐며 환담하는 속에
읊조리는 고붕들과 잔을 드니 즐겁다오.

2018. 11

나뭇잎 떨어지고

落木寒天

落木寒天奇貌岑　　朔風蕭瑟亂群禽
踏査麟友晚秋嗜　　談笑忘歸閒偶吟

나뭇잎 떨어진 산 모습은 기이하고
찬바람 소슬하니 새들이 어지럽구나
답사하는 벗들은 늦가을을 즐기면서
돌아가길 잊고서 한가히 읊조린다네.

2018. 11

노송이 눈을 짊어지고

老松戴雪

春信南枝苦待辰　　昨宵戴雪老松隣
依然勁節態君子　　如畵有詩從凜淳

남쪽의 봄소식을 애타게 기다리는 때에
지난밤 눈을 짊어진 노송이 이웃했네
의연하고 굳센 절개는 군자의 모습으로
그림 같고 시가 있는 의젓함을 좇는다오.

2019. 2

화로

詠爐

老叟爐邊懷往事　煎茶談笑故情深
博山遺業近來滅　冬夜暖房何比衾

늙은이 화롯가에서 지난 일 품으며
차 달이고 담소하니 옛정이 깊어지네
박산의 유업은 근래에 사라졌으니
겨울밤 따뜻한 방 어찌 이불에 견주리오.

2019. 12

도봉산 설경

詠道峰雪景

積雪道峰斜徑登　六花萬象繡層層
寒風樹裏遷群鳥　滑路山間苦片氷
鹽虎紫雲耽賞客　玉龍望月玩茶僧
皓然絕景收精氣　淸士和平壽福徵

눈 쌓인 도봉산 비탈길을 오르니
눈꽃이 만상을 층층이 수놓았네
찬바람에 나무 속 새들이 옮겨가고
미끄러운 산길 조각 얼음 괴롭구나
자운봉 흰 호랑이 상객들은 즐기고
망월사의 옥룡은 다승이 희롱하네
탁 트인 뛰어난 경치 정기 받으며
선비는 화평과 수복을 부른다오.

2020. 1

호계

虎溪

三賢通一心　談笑虎溪音
醉忘道程遠　日常離脫欽

어진 세 선비 한 마음으로 통하여
담소 중 계곡의 호랑이 소리 듣네
심취하여 도정의 길 먼 것도 잊고
일상에서의 일탈을 흠모한다오.

2020. 1

겨울밤의 정

冬夜幽情

霜鬢衰眼驚隙馴　　五更輾轉獨無眠
多難疫疾當憂鬱　　寒月鴻鳴萬里宣

흰머리 쇠한 얼굴 빠른 세월에 놀라
새벽까지 뒤척이며 홀로 잠 못이루네
전염병에 어려움 많아 마음이 우울한데
싸늘한 달빛에 기러기 소리만 흩어진다.

2020. 12

한가한 밤 촛불을 읊다

閒夜吟燭

書屋寂寥冬夜深　挑燈漸盡燭中心
老年雅趣嗜吟詠　忽聽牖敲風雪音

글방에 쓸쓸히 겨울밤이 깊어지니
점점 꺼져 가는 등잔불을 돋운다네
노년의 아취로 읊조림을 즐기는데
홀연 창을 치는 눈바람 소리 들린다.

2021. 1

붓

筆

淅瀝風聲凝萬思　蟾光墨客筆揮宜
掌虛指密字成秀　管直腕懸形盡奇
練習餘痕初志見　硏磨行路寸心知
君該四德情懷敍　雅士今宵一夢追

석력한 바람소리 온갖 생각 엉기니
달빛에 묵객은 붓 휘두름 당연하네
장허 지밀하니 문자가 수려함 이루고
관직 완현으로 형태의 묘함 다한다오
연습한 흔적으로 처음 뜻한 바를 보고
연마한 행로의 작은 마음 알겠어라
그대가 갖춘 사덕으로 정회를 펼치며
선비는 오늘밤 한 꿈을 쫓는다오.

2021. 10

一笑百慮忘

그리고

단풍과 국화가 아름다움 다투네

楓菊爭艶

造化錦楓神授深　傲霜白菊道禪心
流香到處微風起　秋景情懷嗜獨吟

단풍의 조화로움 신이 내리어 깊어지고
서리 업신여긴 국화는 참선의 마음이네
도처에 흐르는 향기 미풍으로 일어나니
가을 경치 품은 뜻을 홀로 즐겨 읊는다.

2012. 11

造化錦楓神　授深似霜白
菊道禪心流無到變激風起秋
景情懷嚐曾狗吟　壬辰小春作詩
楓菊爭艷　丙申清秋秀泉河福童撰

楓菊爭艷(自吟) 2016년작

눈 속 매화

雪裏寒梅

窓前疎影獨然開　素服淸姿解凍顋
月下暗香雖不語　苦身無恨待春來

창 앞 성긴 그림자 홀로 그렇게 피었구나
소박한 맑은 자태 얼었던 뺨도 풀리고
달빛 아래 그윽한 향기 비록 말은 없으나
힘든 몸 한탄치 않고 봄 오기를 기다린다.

2013. 1

窓前疏影獨能開 素服清姿解凍腮 月下
暗香難示語 苦于世恨待春來 秀泉吟

雪裏寒梅(自吟) 2013년작

고궁의 봄빛

古宮春色

古宮春色日深時　水映柳枝斜久池
依舊山川無善帝　旅行客覽樂歡期

고궁의 봄빛이 날로 깊어가는 때에
물에 비친 버들가지 옛 못에 비스듬하네
산천은 옛날과 같으나 어진 제왕은 없고
구경하는 여행객만 즐기면서 기뻐한다.

2013. 3

上德不德是以有德下德不失德是以無德上德無為而無以為下德為之而有以為上仁為之而無以為上義為之而有以為上禮為之而莫之應則攘臂而扔之

老子語 辛卯立秋之節 善秀泉

老子句 2011년작

노스님을 보며

觀老僧吟

山中靈境似靑城　　搖月雲間念佛聲
塔影孤休簷下臥　　僧加禪道法門程

산속의 영험한 경계는 푸른 성 같고
염불 소리는 구름 사이 달을 흔드네
탑 그림자 외로이 처마 아래 누워 있고
스님은 참선하며 법문의 길을 간다오.

2013. 8

般若波羅蜜多心
經觀自在菩薩行深般
若波羅蜜多時照見五蘊皆
空度一切苦厄舍利子色不異
空空不異色色即是空空即是色
受想行
識亦復如是舍利子是諸法空相不生不滅
不垢不淨不增不減是故空中無色無受想
行識無眼耳鼻舌身意無色聲香味觸法無
眼界乃至無意識界無無明亦無無明盡乃
至無老死亦無老死盡無苦集滅道無智亦
無得以無所得故菩提薩埵依般若波羅蜜
多故心無罣礙無罣礙故無有恐怖遠離顛
倒夢想究竟涅槃三世諸佛依般若波羅蜜
多故得阿耨多羅三藐三菩提故知般若波
羅蜜多是大神咒是大明咒是無上咒是無
等等咒能除一切苦真實不虛故說般若波
羅蜜多咒即說咒曰揭帝揭帝波羅僧揭帝菩
提沙婆訶

現法華敬書二千十三年二月

般若心經 2013년작

난초

詠蘭

忽養庭中一種蘭　淸心雅趣畵猶難
幽香有德如君子　憐爾盈腔盡日看

뜰 가운데 우연히 기른 난초 한 포기
맑은 마음과 아취는 그리기 어렵다오
그윽한 향기 있어 덕이 군자 같으니
마음 가득 너를 아껴 종일토록 바라본다.

2014. 3

言行錄 中에서(退陶 李滉)
2014년작

국화 향에 취하다

偶醉菊香

黃菊凌霜綻向隣　　秋光滿徑踐遲賓
芳香可愛襲衣飽　　艶態堪憐凝陞新
晚節爛漫人絶好　　寒風獨秀爾敖淳
陶翁借問迷何處　　淸馥忘歸醉妙珍

국화는 서리에도 마을 향해 터뜨리니
길 가득 가을빛에 나그네 걸음 더디네
사랑스런 꽃향기는 옷 속에 엄습하고
가련한 예쁜 자태 섬돌에 엉겼다오
늦은 절기 난만하니 사람들은 좋아하고
한풍에 빼어나니 거만한 듯 소박하여라
묻노니 도연명은 어느 곳을 헤매는가
돌아갈 일 잊고 진귀한 향에 취한다네.

2014. 11

偶醉菊香(自吟) 2018년작

부모님 생각

思親

爲子獻身慈愛源　幼時未覺致和門
厚恩不報胸中悔　思戀弘深見夢魂

자식 위해 헌신하신 부모님의 깊은 사랑
어릴 땐 화목한 집이었음 깨닫지 못했네
갚지 못한 두터운 은혜 뉘우침으로 남고
그리움 끝없음에 꿈속에서나 뵈어야겠네.

2014. 5

慈母手中線　遊子身上衣　臨行

密密縫　意恐遲遲歸　誰言寸草

心　報得三春暉

録孟郊詩　河福子 [印] [印]

遊子吟(孟郊) 2008년작

봄빛은 길한 사람 집에 먼저 이른다

春光先到吉人家

布德東皇臨四門　　梅花夢裏綻前園
遠山必是煙霞氣　　老樹猶餘雨露痕
書屋平安篇滿架　　田家逸樂酒盈樽
吉人忽到春光瑞　　和悅生成散慮煩

봄 전령사 덕을 펴 사방에 이르니
꿈 속 매화는 앞동산에 피었다네
먼산은 필시 안개 노을 기운이요
나무엔 오히려 비 이슬 흔적이라
글방의 평안함은 시렁 가득 책에 있고
농가의 즐거움은 술통 가득함에 있다오
길한 집에 상서로운 봄빛 먼저 도달하니
화평하고 기쁨 일어 번잡함이 흩어지네.

2015. 1

和氣自生君子宅　春光先到吉人家
2014년작

태종우를 생각하며

憶太宗雨

自春旱旣視殘靑　無髮田原唱歎亭
邦內農夫時計事　太宗祈雨得安寧

봄부터 가물더니 푸르름 쇠잔하여
말라 버린 들녘 보며 정자에서 한숨 짓네
농부들 일함에는 때에 따른 계획 있어
태종의 비 기원하니 평안이 얻어지길…

2015. 6

上善若水 2013년작

부부

夫婦

同歲逢君夢似移　喜嗔哀樂作霜眉
德音莫逆互憐察　餘日拙身情不衰

그대 만나 함께한 세월 꿈같이 지나가고
기쁨과 슬픔 속에 눈썹 희게 쇠하였다오
옳은 말 거스르지 않고 가련함 살피면서
몸은 보잘것없으나 정은 쇠하지 않으리.

2016. 5

믿음과 희망과 사랑
이 세 가지는 어제까지나
남아 있을 것입니다
이 중에서 가장 위대한
것은 사랑입니다

고린도전서 십삼장 수현

고린도전서 중에서 2004년작

윷놀이

擲柶吟

擲柶正初美俗情　同參老少樂歡聲
喜悲板上成和合　或疾于遲五獸爭

정초의 윷놀이는 아름다운 풍속이라
남녀노소 함께하여 소리치며 즐긴다오
기쁨과 슬픔이 말판 위에서 화합하고
혹 빠르거나 더디게 짐승들이 다툰다오.

2017. 2

集和氣 2016년작

비 온 뒤 보리를 보다

雨後觀麥

探春晴旦步堤程　麥浪丘陵喜又驚
雪泮暖風知地醒　雲含微滴促天傾
韶光裊柳詠人興　淑氣耕田農者情
恩澤不窮猶感謝　酷寒堪耐影垂淸

비 개인 아침 봄을 찾아 둑길을 걸으니
구릉의 보리 물결 기쁘고 또 놀랍구나
눈이 따뜻한 바람에 녹아 땅은 깨어나고
구름은 물기 머금어 하늘 기울길 재촉네
봄빛에 버들 흔들림은 시인의 흥취요
맑은 날 밭 가는 것은 농부의 정이라오
은택에 다함이 없으니 오히려 감사하고
혹한을 견디고서 맑은 그림자 드리웠네.

2017. 3

雨後觀麥 2017년작

낙지론을 읽고

讀樂志論有感

古屋臨溪無俗塵　　蒔蔬種竹逸心身
誦文主我田園嗜　　洗硯親燈夢願淳

시냇가 오래된 집에 세상일 걱정 없이
나물 심고 대 기르니 심신이 편안하네
글 속의 주인 되어 전원생활 즐기면서
벼루 씻고 책 읽는 소박한 꿈 원한다오.

2017. 4

山不在高有仙則名水
不在深有龍則靈斯是
陋室惟吾德馨苔痕上
階綠草色入簾青談笑
有鴻儒往來無白丁可
以調素琴閱金經無絲
竹之亂耳無案牘之勞
形南陽諸葛廬西蜀子
雲亭孔子云何陋之有

錄陋室銘　河福子

陋室銘(劉禹錫) 2013년작

조그만 집

小屋

溪頭小屋帶田原　柳色依依鳥好喧
遊戲少時如故里　紅塵自遠起何煩

시냇가 작은 집을 언덕 밭이 둘렀네
버들 빛 무성하여 새들도 좋아하고
어릴 적 즐겁게 놀던 고향 마을 같구나
세상일과 절로 머니 어찌 번뇌 일어나랴.

2017. 6

室雅何須大　花香不在多
2013년작

덕

德

人心德者得同伴　善敬行身溺慾排
慈愛无窮怡衆庶　賢仁不廢樂朋儕
日新習察名爲累　暗裡依隨隱己偕
變化定無君子志　本明理救裕基懷

덕이란 사람의 마음과 함께 얻어지는 것
선과 공경 행하며 욕심에 빠짐 밀어내네
자애가 끝없으니 뭇 사람들이 기뻐하고
현인을 가까이 하니 벗들과 즐겁다오
날마다 익히고 살피니 명성은 쌓이고
모르는 사이 의지하며 자기와 함께한다
변화에 정함이 없는 것은 군자의 뜻이요
근본 밝히고 이치 구하며 여유를 품는다.

2017. 7

人心德志明同伴 善敬乃才湖慈愛无窮怡
眾庶賢仁不虧原麗儕 日新習業名為果暗去依隱隱已
偕變化空學君子志奉明 理家裕基懷听懐青水亞主

德(自吟) 2020년작

은행나무

吟杏

活畵長横映碧靑　　秋光錦樹賞池亭
學人忽憶孔門弟　　杏葉蕭然亂舞零

아름다움 길게 비껴 푸른 하늘 반사하니
가을빛에 비단나무 정자에서 바라보네
학인들은 홀연히 공자님을 생각하는데
은행잎은 쓸쓸히 나부끼며 떨어진다오.

2017. 11

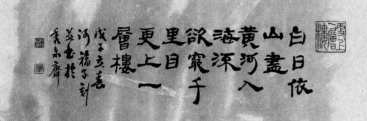

登鸛雀樓(王之渙) 2008년작

평창 동계올림픽 성공을 기원하며

願平昌冬季五輪成功

五輪開幕喊聲聽　　冬季平昌賓客寧
烈烈精神熊貌勢　　堂堂氣魄虎兵形
才能氷板稱銀畔　　滑降雪山爲玉屏
和合衆邦親善盆　　當今人類偉功銘

올림픽 개막의 함성이 울려 퍼지니
겨울철 평창 손님 모두 안녕하다오
열렬한 정신은 웅장한 곰의 기세요
당당한 기백은 용감한 호병 모양이네
재능 부리는 빙판은 은반이라 일컫고
활강하는 설산은 옥병풍이 되었다오
여러 나라와 화합하며 친선을 더하니
마땅히 인류에 위대한 업적 남으리라.

2017. 11

五輪開幕喊聲聽　冬季平昌賓家寧

烈々精神熊貌勢　堂々氣槩虎兵形才

能氷技稱銀畔　滑降雪山為玉屛和

合衆邦親善益　當今人類偉功銘

平昌冬季五輪成功祈　願戊戌元旦秀泉河福文構蟹堂書

願平昌冬季五輪成功(自吟) 2018년작

겨울밤 벗에게

冬夜寄朋

臘近頻風雪　長霄寒月凝
騷人逢比玉　竹馬憶連繩
責善情懷篤　輔仁信義承
友稱三益損　舊貌映孤燈

섣달이 가까우니 눈바람이 잦고
긴 밤하늘엔 싸늘한 달 엉겼네
소인의 만남은 옥구슬에 견주고
친구의 생각은 줄처럼 이어진다
선을 권하는 품은 정은 두텁고
어짐으로써 신의를 이어가야지
벗은 삼익우 삼손우를 칭하는바
옛 모습이 외로운 등불에 비치네.

2018. 1

獵色頻風雪長宵雲月瀦路人愈比玉竹
馬惶走繩責善情悔舊稱仁信象承友稱
三盞損舊紀映孤燈 冬夜狼寄朋河福子拙

거울에 비친 백발을 보고

照鏡見白髮

昔日懷多志　　無功奔走年
鏡中看現影　　斑白忽加憐

지난날에는 많은 뜻 품었었지
공적도 없이 세월만 바빴다오
거울 속에 비친 모습을 보니
반백 머리 홀연 가련함만 더하네.

2018. 1

知之者不如好之者好之者不如
樂之者 아는것은좋아하는것만못하고
좋아하는것은즐거워하는것만못하다
논어구 癸巳素 香泉 河箱子

論語句 2013년작

시냇가의 봄 소리

溪邊春聲

十里孤村回首望　　百花滿發玉溪粧
春聲處處撼心境　　賞客一杯佳興長

십 리 길 옛 마을 머리 돌려 바라보니
온갖 꽃 만발하여 시냇가를 장식했네
봄 소리는 곳곳에서 마음을 흔들고
상객은 한 잔 술에 흥취가 길어진다.

2018. 4

溪邊春聲(自吟) 2018년작

꿈을 적다

記夢

古堂冷氣垂簾半　殘燭斜窓竹影餘
追憶芳時回水曲　情懷佳節疊魚鱗
樂榮已隔欲窮事　拙句空裁耽讀書
紙筆作朋隣墨硯　迂儒一夢忽難舒

오래된 집 찬 기운에 주렴 반 드리우니
쇠잔한 불빛 창에 대 그림자 남아 있네
꽃다운 때 추억은 굽이굽이 회상되고
좋은 시절 품은 정은 비늘같이 겹겹이라
젊음은 멀어졌으나 힘써 일하고자 하고
졸한 시 부질없이 짓느라 독서를 즐긴다
붓 종이 벗이 되고 먹 벼루 이웃 삼으며
우둔한 선비 한 꿈을 홀연 펼치기 어렵네.

2018. 12

記夢(自吟) 2019년작

눈 오는 밤에

雪夜書懷

玉屑紛紛粧四野　街燈帶霧跡人疎
爐邊老叟相談際　窓下茶僧獨味初
裸木垂枝披服似　孤山芽葉發花如
忽然雪夜向誰剡　騷客簟聲詩興餘

옥설이 분분하더니 온 들을 단장하고
가로등엔 안개 둘러 인적이 드물구나
화롯가에 노인들 서로 이야기할 때에
창 아래 다승은 홀로 차를 음미하네
나목의 드리운 가지 옷을 입은 것 같고
외로운 산 작은 잎들 꽃이 핀 것 같아라
홀연 눈 내리는 밤 누가 섬계로 향했을까
소객은 눈 내리는 소리에 시흥이 넘치네.

2018. 12

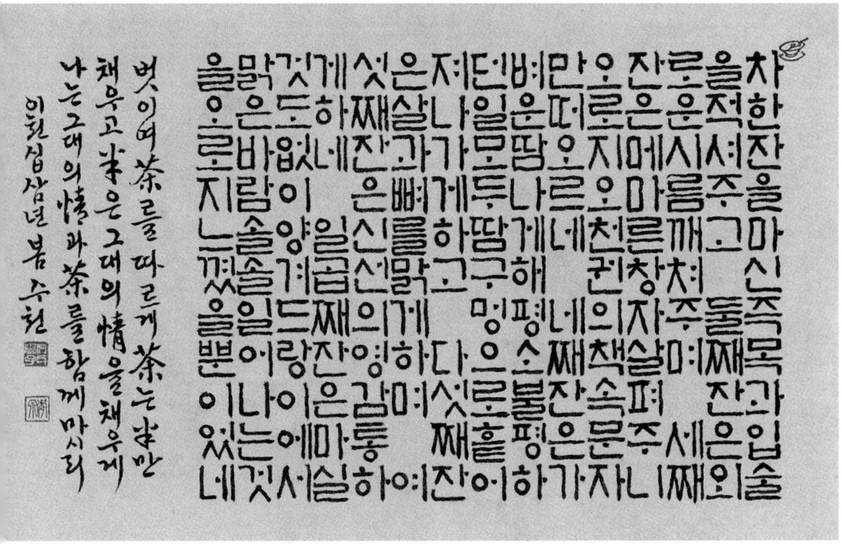

茶歌 中(盧仝) 2013년작

새소리 벗이 되어

爲友鳥聲

松濤爽快臥高樓　　爲友鳥聲消淡愁
避暑閒儒耽午睡　　夢中佳句錦囊收

솔바람 상쾌한 높은 누대에 누워
새소리 벗 삼으니 근심이 사라지네
더위 피한 선비는 낮잠을 즐기며
꿈속에서 시구를 금낭에 거둔다네.

2019. 7

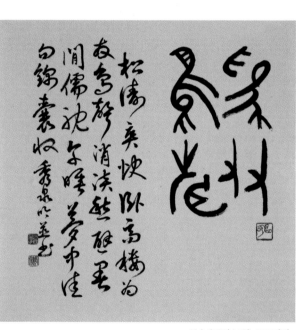

爲友鳥聲(自吟) 2019년작

부산항

觀釜山港

釜山港覇古來東　跳躍關門世界同
多島紅霞娟映水　孤鷗碧海舞隨風
騷人沿岸詠吟裏　賞客埠頭談笑中
威勢滿船誇浦口　相逢兩社喜心通

부산항은 예로부터 동방에 으뜸이라
도약하는 관문으로 세계 속에 함께하네
노을빛에 섬들은 물에 비쳐 아름답고
푸른 바다 갈매기는 바람 따라 춤춘다
시인은 연안에서 시와 부를 읊조리는데
구경꾼들 부두에서 웃으며 이야기하네
가득 찬 선박 위세는 포구의 자랑거리요
서로 만난 벗들은 기쁜 마음 통한다오.

2019. 7

바람이 스쳐 지나간
시골 언덕에
저녁이 데리고 온
노을이 있다

창가에 앉아서
먼 산을 바라보며
비치는 노을 빛으로
내 마음 물들이고

병에 담아 볼까 하여
자리 비운 사이
노을은 저녁 따라
가 버렸다

딸 주현이가 중학교 일학년때
고육방송 교재에 발표한 詩
노을을 엄마가 썼다
수현

노을(이주현) 2013년작

예쁜 매화는 봄을 다투지 않는다

梅俏不爭春

青帝江山施德時　　雪中一點隱淸姿
堵頭日暖芽爭發　　枝上風和鳥自窺
遊客佳期耽賞晚　　韻人卷軸詠吟遲
氷心玉骨幽香動　　情景金坰畵境疑

봄 신이 강산에 덕을 베푸니
눈 속에 한 점 맑은 자태 숨어 있네
담 모퉁이 따뜻하니 싹은 다투어 피고
나뭇가지 봄바람에 새들은 기웃기웃
구경꾼 좋은 계절 늦도록 즐기는데
시인들은 시축에 시 읊기가 더디구나
깨끗한 매화의 그윽한 향 움직이니
정겨운 들 경치가 그림인가 한다오.

2020. 2

青帝江山旎
憶時雪中
一點隱清海
坑頭日暖
芽爭發枝
上風和鳥自窺
趣家匯期吹賞
晚韻人卷軸俗吟連多心玉骨逛季勤
懼景金坤畫境疑

吟梅俏不爭姜河青坡戲筆

梅俏不爭春(自吟) 2021년작

거울을 보며

觀鏡

驟雨晴天洗鬱蒸　　哀顔鏡裏笑爲朋
光陰隙駟惟回顧　　儒嗜詩書受福稱

소낙비 후 맑은 하늘 울증을 씻어 주니
거울 속 쇠한 얼굴 벗이 되어 웃고 있네
덧없는 짧은 인생 돌이켜 생각해 보니
선비로서 시서 즐김을 복 받았다 일컫네.

2020. 7

桐千年老恒藏曲　梅一生寒不賣香
月到千虧餘本質　柳經百別又新枝

庚寅春　錄象村先生詩　象岳　河福子

象村 申欽詩 2010년작

음력 오월의 일들을 생각한다

蒲月卽事書懷

邦民患疫又蒸炎　　後院芭蕉碧滿簾
燕舞頻飜雲影散　　鶯歌迭賞柳陰添
紅霞玩景吟遊客　　綠野耘田隱逸閭
蒲月風流何處嗜　　韻人誦讀得安恬

사람들 전염병과 여름 더위 근심인데
후원의 파초는 주렴 가득 푸르구나
제비 춤추며 나부끼니 구름이 흩어지고
앵무새 울며 갈마드니 버들 그늘 더하네
붉은 노을 감상하며 읊고 노니는 객이요
푸른 들에 밭을 매는 속세 피한 마을이라
오월의 풍류를 어느 곳에서 즐길까
선비들 읽고 외우며 편안함을 얻는다오.

2020. 7

蒲月卽事書懷(自吟) 2020년작

사계절

吟四時

長夜客心關百慮　寒窓晧月竹陰移
山靑水翠不塵汝　花發鳥啼挑興誰
槐葉微風知夏動　稻英纖雨覺秋施
無情隙駟驚霜鬢　拙老吟觴嗜晏熙

긴 밤 나그네 온갖 상념 드는데
쓸쓸한 창 달빛은 대 그림자 옮기네
푸른 산 푸른 물 너흰 속됨이 없고
꽃 피고 새 우니 누가 흥을 돋우는가
회나무 잎 미풍에 여름이 움직이고
벼꽃에 가는 비가 가을을 베푼다오
무정한 빠른 세월 흰머리에 놀라며
늙은이 음상하며 느지막에 즐긴다네.

2020. 11

山青水翠不塵汙
蒼鼓鳥啼挑興誰

吟四時(自吟) 2020년작

꿈에 나부산에서 노닐다

夢遊羅浮山

人生世路邯鄲夢　　夢裏氷魂共戲圖
雪滿羅浮香暗動　　話頭春信醉吟儒

사람이 살아가는 길은 한단몽이라
꿈속에 매화 혼과 함께 노는 그림이네
눈 쌓인 나부산에 그윽한 향기 움직이니
봄 알리는 화두로 취해 읊는 선비라네.

2020. 12

墨梅 2011년작

대나무를 읊다

詠竹

萬古幾經霜與雪　　雨過新筍籜爭生
强堅苦節殊姿直　　高潔虛心卓性貞
密葉月華懷鳳氣　　疎枝風吹聽笙聲
此君淸影紙窓倚　　愛爾客吟詩句成

오랜 세월 눈서리를 몇 번이나 겪었는가
비 지나니 새순이 껍질 다투어 돋아나네
강건한 굳은 절개 바른 자태 특별하고
고결한 빈 마음의 곧은 성품 탁월하다
무성한 숲 달빛에 봉황의 기운을 품고
성긴 가지 바람 부니 생황 소리 들리누나
그대의 맑은 그림자 종이 창에 의지하니
너를 사랑한 나그네 시를 지어 읊조리네.

2021. 3

此君清影紙窓偎　愛爾寄吟詩句成

農蒸月華懷鳳葉　疎枝風吹聽笙聲

經堅苦節殊姿直高潔　虛心卓性貞

草木從經霜與雪雨過新筍擎華生

오랜세월 눈서리를 몇번이나 겪었는가
비새에 새순이 새롭게 솟아나네 강직한 줄은
꼿꼿하고 고결한 마음의 곧은심 곧고 청절하다 곧선한 속
비기운을 품고 청녹가지 바람불어 피리소리 들려오누나 그대의 맑은 그림자
너를 사랑한 나그대 시를 지어읊조리네

辛丑良月 秀軒 河○

詠竹(自吟) 2021년작

청파 시서화집

시 속에 그림 있고
그림 속에 시 있네

2022년 6월 1일 초판 1쇄 발행

지은이 | 하 복 자
그린이 | 하 복 자

펴낸곳 | (주)이화문화출판사
 주소 | 서울시 종로구 인사동길 12 대일빌딩 310호
 전화 | 02 738 9880(대표전화)
       02 732 7091~3(구입문의)
homepage | www.makebook.net

ISBN 979-11-5547-521-8-03800
© 2022, 하복자

정 가 | 18,000원